COLLECTION
F. MOLINARI DE MILAN

TABLEAUX ANCIENS

ET

TABLEAUX DES ÉCOLES PRIMITIVES ITALIENNES

VENTE HOTEL DROUOT, SALLE N° 8
Les Lundi 5 et Mardi 6 Mai 1890
A DEUX HEURES ET DEMIE

EXPOSITION PUBLIQUE LE DIMANCHE 4 MAI 1890
DE UNE HEURE ET DEMIE A CINQ HEURES ET DEMIE

M. G. DUCHESNE
Successeur de Mᵉ Escribe
COMMISSAIRE-PRISEUR
6, rue de Hanovre

MM. HARO FRÈRES	**M. A. BLOCHE**
PEINTRES-EXPERTS	EXPERT PRÈS LA COUR D'APPEL
14, rue Visconti, et 20, rue Bonaparte	25, rue de Châteaudun

1890

1340. — IMPRIMERIES RÉUNIES, **A**, RUE MIGNON, 2, PARIS.

CATALOGUE

DES

TABLEAUX ANCIENS

ET

TABLEAUX DES ÉCOLES PRIMITIVES ITALIENNES

COMPOSANT LA COLLECTION

F. MOLINARI DE MILAN

DONT LA VENTE AURA LIEU

HOTEL DROUOT, SALLE Nᵒ 8

Les Lundi 5 et Mardi 6 Mai 1890

A DEUX HEURES ET DEMIE

EXPOSITION PUBLIQUE LE DIMANCHE 4 MAI 1890

DE UNE HEURE ET DEMIE A CINQ HEURES ET DEMIE

M. G. DUCHESNE

Successeur de Mᵉ Escribe

COMMISSAIRE-PRISEUR

6, rue de Hanovre

MM. HARO FRÈRES	**M. A. BLOCHE**
PEINTRES-EXPERTS	EXPERT PRÈS LA COUR D'APPEL
14, rue Visconti, et 20, rue Bonaparte	25, rue de Châteaudun

1890

Conditions de la vente.

Elle sera faite au comptant.

Les acquéreurs payeront *cinq pour cent* en plus du prix d'adjudication.

BASAITI (Marc) — (Attribué à)

1 — Jésus au Jardin des Oliviers.

Le Christ à genoux reçoit de l'ange le calice de la Passion.
Les disciples sont endormis et l'on aperçoit à gauche Judas
suivi des soldats. Fond de paysage avec vue de Jérusalem.

B. — H., 1m,60. L., 1m,20.

BASSANO (Léandre da Ponte *dit*)

2 — Les Saintes Femmes.

Dans le fond, le Christ agenouillé sur le Calvaire.

T. — H., 0m,63. L., 0m,93.

CAMPI (Antoine) — (Attribué à)

3 — La Marchande de poulets.

Une femme tient dans ses bras un dindon plumé; un enfant
tord le cou à une oie; dans le fond du tableau, des volailles et
des pièces de venaison.
Tableau décoratif.

T. — H., 1m,40. L., 2m,10.

4 — La Marchande de fruits.

Une femme assise épluche un citron. A sa droite, un homme.
Dans le fond, à gauche, trois paysans cueillent des fruits.
Au premier plan, des corbeilles contenant des fruits et des
légumes.
Pendant du précédent

T. — H., 1ᵐ,40. L., 2ᵐ,10.

COSTA (Laurent)

5 — Saint Benoît.

Debout, tenant un livre et une fleur de lis. A gauche, sainte
Catherine; à droite, sainte Ursule debout et de grandeur natu-
relle. Fond de paysage.
Sur la roue de sainte Catherine la signature L. Costa : F.

B. — H., 2ᵐ,15. L., 1ᵐ,75.

COURTOIS (Jacques, *dit* BOURGUIGNON)

6 — Combat de cavaliers.

T. — H., 0ᵐ,20. L., 0ᵐ,30.

7 — Pendant du précédent.

T. — H., 0ᵐ,20. L., 0ᵐ,30.

DOLCI (Carlo) — (Attribué à)

9 — Mater dolorosa.

B. — H., 0ᵐ,55. L., 0ᵐ,45.

DOW (Gérard) — (École de)

10 — Un Moine en prière.

B. — H., 0^m,35. L., 0^m,45.

VAN GAELEN

11 — Le Christ ressuscite Lazare.

Signé à gauche.

B. — H., 0^m,32. L., 0^m,35.

GNOCCHI (Pierre)

12 — La Vierge et l'Enfant Jésus.

Elle est assise dans l'intérieur d'une grotte, tenant l'Enfant Jésus sur ses genoux.
Fond de paysage.

B. — H., 0^m,57. L., 0^m,54.

GUIDO RÉNI (École de)

13 — La Madeleine dans le désert.

T. — H., 1^m,35. L., 0^m,96.

HONTHORST (Gérard, *dit* DE LA NUIT)

14 — Le Christ devant Pilate.

Pilate, assis près d'une table, sur laquelle se trouve un cierge qui éclaire toute la chambre, interroge le Christ debout et enveloppé d'une robe blanche, les mains liées. Autour de lui, des Juifs et des soldats.

T. — H., 1^m,65. L., 1^m 20.

LANZANI (André)

15 — Portrait de l'artiste.

T. — H., 1ᵐ,13. L., 0ᵐ,91.

LIBERI

16 — La Paix et l'Abondance.

T. — H., 1ᵐ,41. L., 1ᵐ,06.

LONGHI

17 — L'Arracheur de dents.

Scènes de la vie populaire en Italie.

T. — H., 0ᵐ,32. L., 0ᵐ,47.

LUINI (Aurèle)

(Fils de Bernardino LUINI)

18 — Sainte Catherine.

Elle tient une palme et un livre dans les mains.

B. — H., 0ᵐ,39. L., 0ᵐ,30.

MOLYN (Pierre, *dit* TEMPESTA)

19 — Tempête sur mer.

T. — H., 0ᵐ,73. L., 1ᵐ,10.

20 — Marine.

Pendant du précédent.

T. — H., 0ᵐ,73. L., 1ᵐ,10.

MORONI (Attribué à)

21 — Saint François aux stigmates et deux autres Franciscains.

T. — H., 1m,00. L., 1m,25.

RIBERA (Attribué à)

22 — Délivrance de saint Pierre.

Il est assis dans sa prison, la tête appuyée sur sa main droite et surpris par l'apparition de l'ange qui le délivre de la prison.

T. — H., 1m,65. L., 1m,20.

ROSA (Salvator)

23 — Bataille.

Attaque de cavalerie et artillerie. Dans le fond, des collines et des forteresses.

En bas signé avec le monogramme.

T. — H., 1m,20. L., 2m,08.

24 — La Défaite.

Sur le terrain, des cavaliers et des chevaux blessés. Dans le fond, des forteresses.

T. — H., 1m,20. L., 2m,08.

RUBENS (École de)

25 — Danse de Faunes et de Bacchantes.

B. — H., 0m,52. L., 1m,55.

TIEPOLO (École de)

26 — Dévouement de Marcus Curtius.

Tableau décoratif.

T. — H., 2m,25. L., 1m,27.

TIEPOLO (Attribué à)

27 — Tête d'Homme.

T. — H., 0ᵐ,51. L., 0ᵐ,40.

TINTORETTO (Attribué à)

28 — Portrait d'Homme.

Il est représenté debout et à mi-corps, vêtu de noir, la tête découverte. Demi-figure de grandeur naturelle.

T. — H., 1ᵐ,04. L., 0ᵐ,80.

MARC D'UGGIONE

(D'OGGIONNO *dit* aussi **D'UGLONE,** élève de Léonard de Vinci)

29 — Pieta.

Le Christ mort est appuyé sur les genoux de la Vierge; saint Jean et la Madeleine, en pleurs, sont agenouillés auprès d'eux.

Fond de rochers avec le lac et le pays d'Oggiono.
Signé en haut M. V. F.

B. — H., 1ᵐ,98. L., 2ᵐ,36.

VANNUCHI, *dit* ANDRÉ DEL SARTE
(École de)

30 — La Vierge, *dite* del Grappolo.

L'Enfant Jésus est assis sur ses genoux et tient dans ses mains une grappe de raisins offerte par saint Jean-Baptiste.

Deux anges contemplent l'Enfant. A gauche, un plateau de fruits.

B. — H., 1ᵐ,10. L., 1ᵐ,00.

ZUCCARELLI

31 — Le Repos pendant la Fuite en Égypte.

T. — H., 0ᵐ,59. L., 0ᵐ,43.

ÉCOLE ALLEMANDE

32 — Portrait d'un Jeune Homme.

B. — H., 0ᵐ,26. L., 0ᵐ,29.

33 — Saint Jérôme.

B. — H., 0ᵐ,82. L., 0ᵐ,64.

ÉCOLE FLAMANDE

34 — La Vierge tenant l'Enfant Jésus endormi.

B. — H., 0ᵐ,65. L., 0ᵐ,50.

35 — La Nativité.

La Vierge et l'Enfant Jésus, dans une ruine d'un palais, sont entourés des bergers ; dans le ciel, des anges. Effet de nuit.

B. — H., 0ᵐ,80. L., 0ᵐ,62.

ÉCOLE ITALIENNE

36 — Portrait d'Homme.

Il est représenté debout, appuyé sur une demi-pique, vêtu d'un pourpoint de cuir avec gorgerin de fer ; une large fraise autour de la tête. Sur la table est posé son chapeau orné de plumes.

T. — H., 1ᵐ,47. L., 1ᵐ,15.

ÉCOLE ITALIENNE

37 — Chasse au tigre.

T. — H., 1^m,78. L., 2^m,36.

38 — Nature morte. Instruments de musique.

T. — H., 0^m,98. L., 1^m,45.

39 — La Vierge, l'Enfant Jésus et saint Jean.

Composition entourée d'une couronne de fleurs peintes dans la manière flamande.

B. — H., 0^m,30. L., 0^m,38.

40 — Nature morte.

Une femme et ses enfants sont réunis auprès d'une table chargée de fruits divers.

T. — H., 1^m,11. L., 1^m,80.

41 — Saint Sébastien.

T. — H., 0^m,72. L., 0^m,57.

43 — Sainte Catherine.

B. hexagonal. — H., 0^m,35. L., 0^m,20.

44 — Une Sainte.

B. hexagonal. — H., 0^m,35. L., 0^m,20.

45 — Fleurs.

T. — H., 0^m,29. L., 0^m,21.

46 — Fleurs.

T. — H., 0^m,29. L., 0^m,21.

ÉCOLE ITALIENNE

47 — La Religion.

T. — H., 1^m,00. L., 0^m,79.

48 — La Partie de cartes.

T. — H., 0^m,70. L., 0^m,50.

49 — Tête d'Homme.

H., 0^m,52. L., 0^m,41.

50 — L'Ensevelissement du Christ.

Peinture sur marbre.

H., 0^m,34. L., 0^m,30.

51 — Présentation au Temple.

Grisaille.

B. — H., 0^m,44. L., 0^m,28.

ÉCOLE VÉNITIENNE

52 — Saint Georges.

Il est debout, de grandeur naturelle, ayant le dragon mort à ses pieds, et se repose après le combat. Deux anges dans les nuages portent son casque.

53 — Portrait du cardinal Deforno, d'Ancône.

Le cardinal, assis dans un fauteuil, le bras gauche appuyé sur une table, tient à la main une lettre sur laquelle est écrit : *Monsignor, Monsignor cardinal Deforno, Ancona.*

T. — H., 1^m,50. L., 1^m,10.

ÉCOLE VÉNITIENNE

54 — L'Adoration des bergers.

T. — H., 0^m,55. L., 0^m,28.

55 — Le Christ au tombeau adoré par les anges.

Pendant du précédent.

T. — H., 0^m,45. L., 0^m,28.

56 — Le Repos pendant la Fuite en Égypte.

B. — H., 0^m,65. L., 0^m,86.

ÉCOLE DE FLORENCE

57 — La Vierge.

La Vierge, debout, adore l'Enfant Jésus déposé à ses pieds. Saint Jean Baptiste est à genoux près d'elle. Dans le fond, un couvent sur le haut d'une colline.

Forme cintrée du haut.

B. — H., 0^m,75. L., 0^m,42.

ÉCOLE ROMAINE

58 — Portrait d'un Musicien.

Il est représenté assis, vêtu de rouge, tenant une cornemuse à la main.

T. — H., 0^m,92. L., 0^m,74.

ÉCOLES ITALIENNES PRIMITIVES

59 — Christ en croix.

Au pied de la croix, la Vierge, saint Jean, deux anges et deux chérubins. Le donateur est représenté agenouillé. Fond d'or.

B. — H., 1ᵐ,18. L., 0ᵐ,60.

60 — Diptyque.

Saint Laurent et saint Georges tenant dans leurs mains de palmes fleuries.

B. — H., 0ᵐ,75. L., 0ᵐ,55.

61 — Saint Georges.

62 — Saint Étienne.

Ces deux tableaux, qui formaient les volets d'un triptyque, ont par derrière deux saints personnages en bois sculpté et peint.

B. — H., 1ᵐ,22. L., 0ᵐ,42.

63 — La Déposition de la Croix.

Dans le fond, vue de la ville de Jérusalem.
Très curieux spécimen de peinture du mont Athos.

B. — H., 0ᵐ,47. L., 0ᵐ,27.

64 — Le Christ.

Après la résurrection, suivi d'un grand nombre d'âmes délivrées des enfers, il rencontre sa mère devant sa maison.
Très curieuse peinture à la détrempe.

T. — H., 1ᵐ,94. L., 1ᵐ,64.

65 — Le Christ ressuscité.

Il rencontre sa mère dans l'intérieur d'un temple.
Très curieuse peinture à la détrempe.

T. — H., 1^m,92. L., 1^m,56.

66 — Saint Michel.

B. — H., 1^m,02. L., 0^m,45

67 — La Vierge et saint Joseph en adoration devant l'Enfant Jésus endormi.

B. — H., 1^m,02. L., 0^m,45.

68 — L'Adoration de l'Enfant.

L'Enfant Jésus dans sa crèche est adoré par un roi mage.

B. — H , 1^m,02. L., 0^m,45.

69 — La Nativité.

La Vierge tient assis sur ses genoux l'Enfant Jésus couché sur un coussin, et le recouvre avec un linge. Saint Joseph le contemple. Dans le fond, l'âne, le bœuf et quelques bergers. A gauche, sur la sommité d'un rocher, saint François recevant les stigmates.

B — H., 0^m,63. L., 0^m,45.

70 — Jésus chez Marthe et Marie.

B. — H., 0^m,25. L., 0^m,35.

71 — Saint Laurent.

B. — H., 0^m,40. L., 0^m,26.

72 — Un Saint martyr.

73 — Une Sainte martyre.

Deux tableaux se faisant pendant.

T. — H., 0^m,42. L., 0^m,67.

———

74 — Sous ce numéro seront vendus les tableaux non catalogués.

IMPRIMERIES RÉUNIES, A, RUE MIGNON, 2, PARIS. — 1340.

RED. :

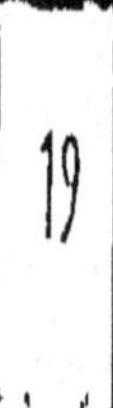

19

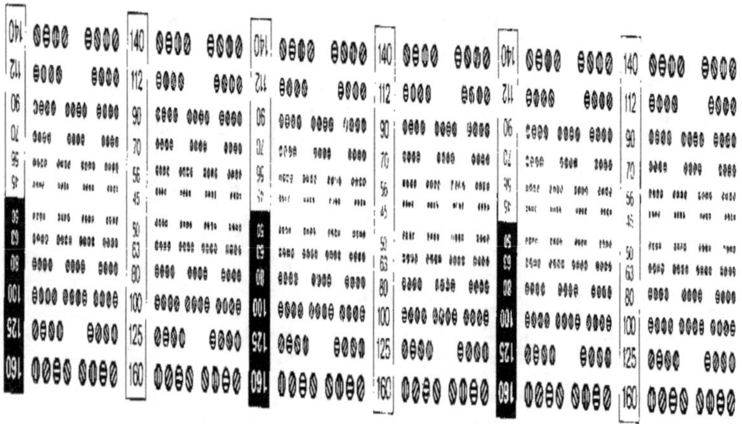

MIRE ISO N° 1
NF Z 43-007
AFNOR
Cedex 7 - 92080 PARIS-LA-DÉFENSE
379.89.70
graphicom

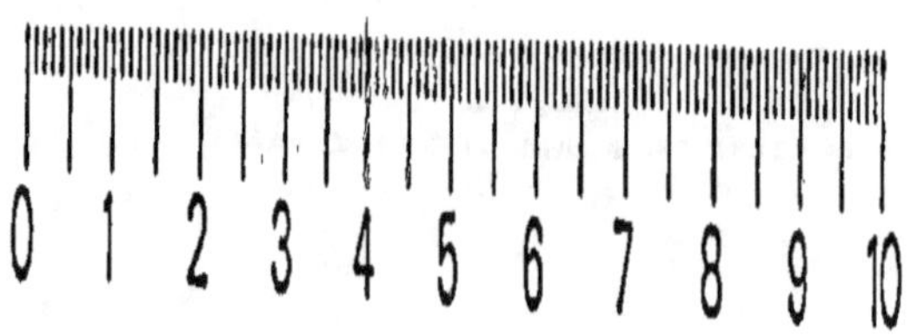

0 1 2 3 4 5 6 7 8 9 10

BIBLIOTHEQUE NATIONALE DE FRANCE

****

CHATEAU DE SABLE

1996